1DAY, 1MY HEART

오늘, 내 마음을 읽는 연습

내 마음에 새기고픈 말

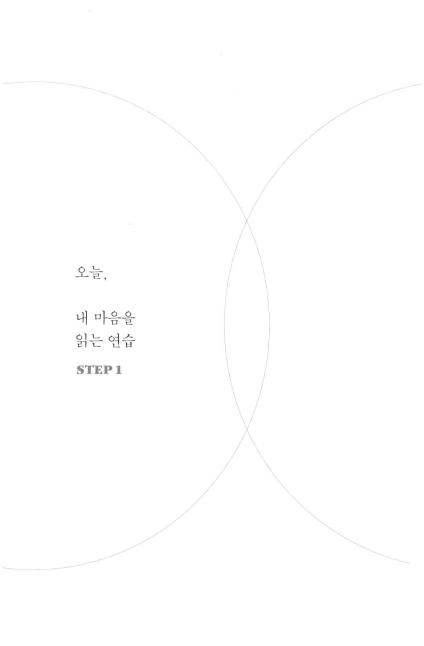

오늘,

내 마음을
읽는 연습

STEP 1

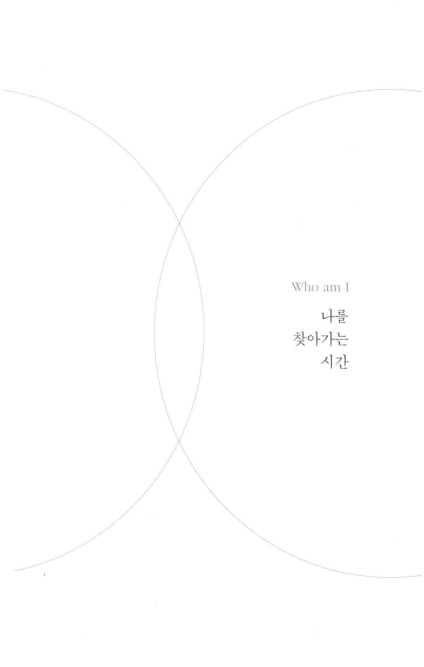

Who am I

나를
찾아가는
시간

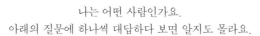

나는 어떤 사람인가요.
아래의 질문에 하나씩 대답하다 보면 알지도 몰라요.

· 이름 _____

· 생년월일 _____

· 취미 또는 특기 _____

· 하루 중 가장 행복한 시간과 이유 _____

· 지금 가장 큰 고민거리 _____

· 나의 이상형 _____

· 버리고 싶은 습관 _____

· 스트레스 해소법 _____

· 지금 내 마음의 온도 _____

· 나에게 하고 싶은 말 _____

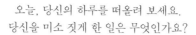

오늘, 당신의 하루를 떠올려 보세요.
당신을 미소 짓게 한 일은 무엇인가요?

하나.
_____

_____

_____

_____

_____

_____

둘.
_____

_____

_____

_____

셋.
_____

_____

_____

_____

_____

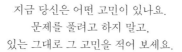

지금 당신은 어떤 고민이 있나요.
문제를 풀려고 하지 말고,
있는 그대로 그 고민을 적어 보세요.

아래의 상자는 당신의 마음입니다.
지금 내 마음을 표현할 수 있는 색으로 칠해 보세요.

당신은 참 괜찮은 사람입니다.
아닌 것 같다고요?
의심하지 말고 나의 장점 10개를 꼭 채워 보세요.

01	
02	
03	
04	
05	
06	
07	
08	
09	
10	

지금 간절히 바라는 무언가가 있나요.
만약 있다면, 당신의 소원을 곱씹으며
따라 적어 보세요. 반드시 이루어질 거예요.

필사해 보세요.

세 번 쓰면
반드시 이루어진다.

세 번 쓰면
반드시 이루어진다.

세 번 쓰면
반드시 이루어진다.

당신이 좋아하는 것들을 떠올려 보세요.
생각만 해도 기분 좋아지는 것들을 자유롭게 그려 보세요.

반드시 이루고 싶은 일들을 기록해 두고 꿈을 꾸다 보면
언젠가 간절한 바람이 이루어질 거예요.

NO.	MY BUCKET LIST
01	
02	
03	
04	
05	
06	
07	
08	
09	
10	

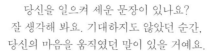

당신을 일으켜 세운 문장이 있나요?
잘 생각해 봐요. 기대하지도 않았던 순간,
당신의 마음을 움직였던 말이 있을 거예요.

오늘, 당신의 하루를 떠올려 보세요.
당신을 미소 짓게 한 일은 무엇인가요?

1. _____

_____

_____

2. _____

_____

_____

3. _____

_____

_____

4. _____

_____

_____

5. _____

_____

당신의 가방 속에는 무엇이 들어 있나요?
하나씩 꺼내서 적어 볼까요.
그럼 당신이 어떤 사람인지 말해 줄게요.

열정 곡선을 그려 봅시다.
가장 에너지가 넘쳤던 시기, 그렇지 않았던 시기까지
삶을 돌아보고 내 열정의 그래프를 완성해 보아요.

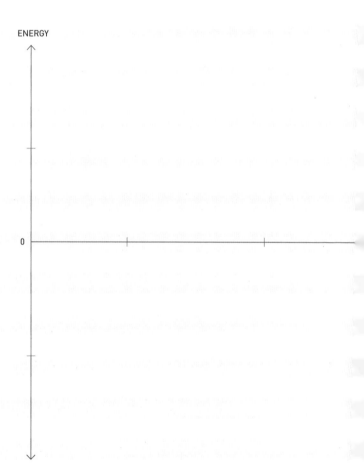

$$\xrightarrow{\hspace{10cm}} \text{NOW}$$

지금 당신 마음을 잘 들여다보세요.
당신이 짓고 있는 표정과 마음의 표정은 다를 수 있어요.
있는 그대로 표현해 보세요.

지금 내 마음에 떠오르는 단어,
내 머릿속을 가득 채우고 있는 그 단어를 빈칸에 적어 보세요.

[   ]

나는 어떤 사람일까요?
당신이 생각하는 스스로의 위치를 표시해 보세요.

소극적이다 ●————————————————|————————————

받는 편이다 ●————————————————|————————————

세심하다 ●————————————————|————————————

논리적이다 ●————————————————|————————————

현실적이다 ●————————————————|————————————

구체적이다 ●————————————————|————————————

상식적이다 ●————————————————|————————————

———————————————┼———————————————● 적극적이다

———————————————┼———————————————● 주는 편이다

———————————————┼———————————————● 털털하다

———————————————┼———————————————● 감성적이다

———————————————┼———————————————● 미래지향적이다

———————————————┼———————————————● 은유적이다

———————————————┼———————————————● 창의적이다

당신의 하루가 어떻게 흐르나요?
시간이 어떻게 가는 줄 모르고 사는 건 아닌가요.
내 삶을 촘촘히 들여다보아요.

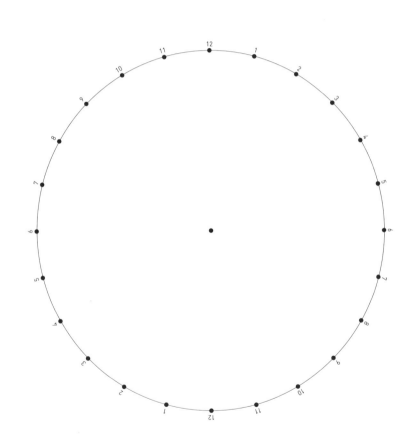

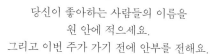

당신이 좋아하는 사람들의 이름을
원 안에 적으세요.
그리고 이번 주가 가기 전에 안부를 전해요.

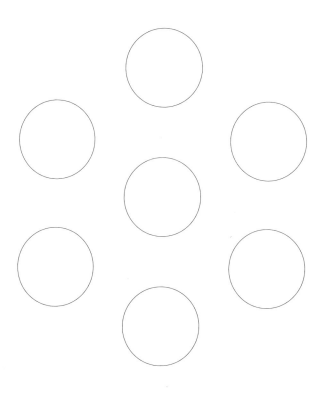

이제 그만 잊고 싶은 일이 있나요?
연필로 적은 뒤 지우개로 깨끗하게 지우세요.
그리고 마음속에서도 지우는 거예요.

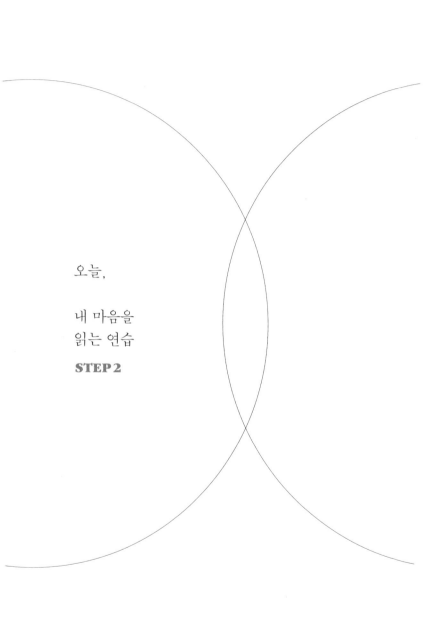

오늘,

내 마음을
읽는 연습
STEP 2

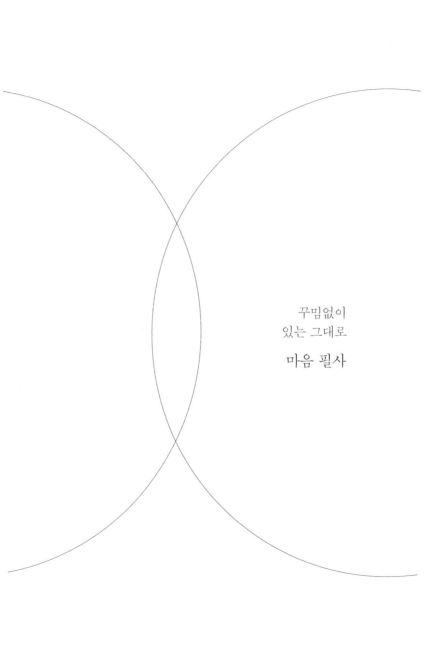

꾸밈없이
있는 그대로

마음 필사

괜찮아?
네 잘못이 아니야.
조금 늦어도 괜찮아.
수고했어, 오늘도
이미 넌 충분해
이 모든 말들은
나 자신에게
먼저 해줬어야 했다.

- 전승환, 《나에게 고맙다》 중에서

변한다. 변하지 않는다.
그건 같은 말이다.
사랑한다,
사랑하지 않는다가 그렇듯이.
'사랑이 어떻게 변하니?'는
웃자고 하는 말이겠지.

– 장우철, 《좋아서 웃었다》 중에서

슬픈 하루에는
슬프지 않은 순간도 있다.
짧지만 그런 순간들 때문에
슬픔을 이겨낼 힘을 얻는다.

결국, 이겨낸다.

– 김은주, 《1CM^{아트}일 센티 아트》 중에서

"사람들은 어디 있지?
사막은 좀 외로운걸……."

"사람들 속에 있어도
외로운 건 마찬가지야."

— 생텍쥐페리, 《어린 왕자》 중에서

나에게 솔직했고
내 감정에 충실했으니
모든걸 시도했던 나에게
아낌없는 박수를

– 이애경, 《눈물을 그치는 타이밍》 중에서

"나는 언제나
네 모습 그대로를
좋아했어."

– L. 프랭크 바움, 《오즈의 마법사》 중에서

안 오는 사람은 끝까지 안 오지만
못 오는 사람은 뒤늦게 올 수도 있다.
안 하는 사람은 끝까지 할 수 없지만
못하는 사람은 언젠가 해낼 수도 있다.

- 정철, 《내 머리 사용법》 중에서

아직도 살날이
많이 남았는데
오늘 하루 깨진 것 가지고
의기소침하지 않기.

– 어라운드, 《오늘, 내 마음을 읽었습니다》 중에서

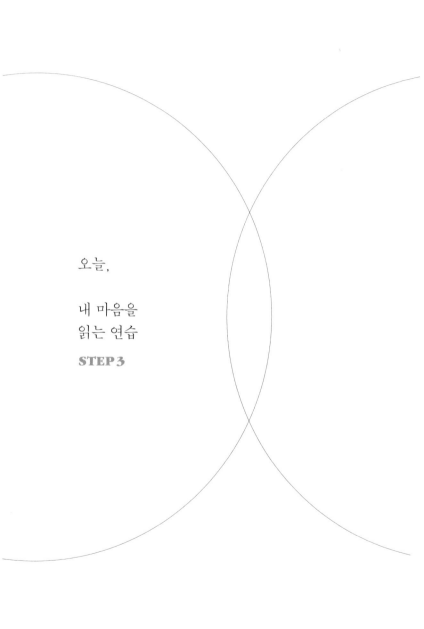

오늘,

내 마음을
읽는 연습

STEP 3

소중한 순간을
놓치지 않는 연습

1일 1기

Date.　　　　.　　　.

오늘 내 마음은……

Date.   .   .

오늘 내 마음은……

Date.　　　．　　．

오늘 내 마음은……

Date.　　　.　　　.

오늘 내 마음은……

Date.　　　.　　　.

오늘 내 마음은……

Date.   .   .

오늘 내 마음은……

Date.   .   .

오늘 내 마음은……

오늘 내 마음은……

Date.   .   .

오늘 내 마음은······

Date.   .   .

오늘 내 마음은……

Date.   .   .

오늘 내 마음은……

Date.   .   .

오늘 내 마음은……

Date.　　　.　　　.

오늘 내 마음은……

오늘 내 마음은……

Date.   .   .

오늘 내 마음은……

Date.　　　.　　　.

오늘 내 마음은……

WRITE
YOUR
HEART

WRITE
YOUR
HEART

WRITE
YOUR
HEART

WRITE
YOUR
HEART

WRITE
YOUR
HEART

WRITE
YOUR
HEART

WRITE
YOUR
HEART

WRITE
YOUR
HEART

WRITE
YOUR
HEART

WRITE
YOUR
HEART

WRITE
YOUR
HEART

WRITE
YOUR
HEART

WRITE
YOUR
HEART

WRITE
YOUR
HEART

WRITE
YOUR
HEART

WRITE
YOUR
HEART

WRITE
YOUR
HEART

WRITE
YOUR
HEART

PERSONAL NOTE

NAME

MOBILE

E-MAIL

ADDRESS

SNS

MORE

허밍버드
Hummingbird

©(주)백도씨, 2016, Printed in Korea
허밍버드 는 (주)백도씨의 출판 브랜드입니다.
본문 사진 Unsplash